Gertraud Wituschek

WIA'S DA OIS HAUSFRAU SO GEHT

Gertraud Wituschek

Wia's da ois
Hausfrau so geht

Easy-Media Druck & Verlag

*Mein besonderer Dank gilt meinen VereinskollegInnen
für den Vorschlag, ein Buch herauszugeben und für alles,
was ich bei ihnen gelernt habe – sowie allen meinen
FreundInnen, die an mich geglaubt haben.*

ISBN 978-3-902773-34-0

Covergestaltung: Sandra Wituschek
Zeichnung auf Seite 6: Gabriele Lenz
Gesamtherstellung: Easy-Media Druck & Verlag, A-4020 Linz

Hausfrauenstress

Hausfrau nur

A Hausfrau und Muatter bin ih nur –
hob den gaunzn, liabm Tog mei Ruah,
es gibt koan Chef, brauch mih net „sputn",
koa Kundschoft wü wos auf d Minutn –
kau(nn) bei d Nochboarn steh, so laung ih wü,
so hot vor allem mei Mau des Gfüh.

Vü Arbeit im Haus? – Miaßt oft net sei(n),
vielleicht teil ih de jo nur falsch ei(n)!
A Spielzeug brauchast nia verama,
weil der Saustall stört jo nur de Mama.
A Stiagnhaus wischn is net nötig,
waunnsd hinschaust is jo eh net dreckig.

„Wäsch woschn muaßt net jede Wochn,
ah brauchast net – alltäglih kochn!"
Und reicht der Tog amoi wirklih net,
gwiss von eahm a Kundschoft draußn steht
– und dem sei Laune is ziemlih mies
waunn d Lieferung unvollständig is.

Is`s ma am End daunn doh endlih zbled
und zum Kocha sowieso schon zspät,
daunn gibt`s auf d Nocht hoid a Jausn nur –
so is vom „Net-nötig" goar koa Spur.
Weil daunn wirst vom Mau jo eh gleih gfrogt:
„Wos haubm denn de Kinder zmittog ghobt?"

Loss ih den Saustall aus Frust moi geh,
sogt er: „Jö, wia is denn do heut sche!"
Loss ih de Wäsch im Keller liegn
und tuat moi d Goartenarbeit siegn,
brauch ih nächste Woch doppelt so laung,
am End bin ih daunn vielleicht nu kraunk.

So hob ih`s ois Hausfrau richtig nett,
steig in der Fruah ois Erste ausn Bett,
leg mih auf d Nocht ois Letzte schlofn,
versuch oi(ll) Tog mein Soll zu schoffn –
und loss hoid die andern in dem Gfüh,
dass ih des nur grod aso wü.

Auf d Nocht

Jetzt is`s gleih elfi bei der Nocht,
wie gern hätt ih die Augn zuagmocht.
Aber auf amoi, denk ih mir,
dass ih nu d Büglwäsch sortier,
daunn hab ih`s leichter in der Fruah,
waunn ih de Wäsch in Kostn tua.

Do oan Stoß firs Dirndl, dort firn Bua,
des ghört zum Mau sein Gwaund dazua.
Danebm stell ih fir mih an hin –
solaung, bis dass ih fertig bin.

Guat, dass die andern längst scho schlofn,
sunst tat ih`s jo glott nu schoffn,
dass ih de Wäsch ah nu verramat,
und so goar nia zum Schlofn kammat.

Kuchl putzt

Grod hob ih de Kuchl fertig putzt,
wie immer hot des net vü gnutzt.
Die Kinder san a Stund grod drinn,
und scho is d Ordnung wieder hin.
Waunn ma hinschaut auf die Kuchlbank,
do wird oan gleih ganz angst und bang.
Jo, was ma do ois findn kaunn,
des gibt's gar net, des glaubt ma kaum.

Do liegt a dreckats Taschntiachl,
und dort a hinigs Kinderbiachl,
so wie a Spielzeugtelefon,
a violetter Luftballon,
a poar Sockn – ziemli zrissn,
nu a Bleistift – ganz zerbissn.
Die Bastelsochn vom Kindergoartn,
ois tuat nur auf `s Wegtrogn woartn.

Waunn ih mih untern Tisch hin trau,
daunn siahg ih dort gleih ganz genau,
was heut Mittog kocht is wor(d)n,
weil d Restln haubm s` do drunt verlorn.
So passiert`s, dass ih `s Staubtuach nimm
und wieder mit mein Sauger kimm.
Hab ih damit ah goar koa Freid –
is`s immer wieder moi so weit!
Schließlih tua ih`s am End daunn doh –
jo, meiner Seel – des is hoid so.

A Tog, den ih net mog

Heut is wieder so a Tog,
so wia ih des gar net mog.
Mih tuat`s nur nach Essn plaunga –
mecht nach Süaßigkeitn glaunga!

D Hausarbeit, de gfreit mih net,
draußn aber `s Wosser steht.
Schüttn tuat`s heut wia aus Kübln
und mein Grant kau(nn) neamd verübeln!

Kann ah koaner was dafir,
`s Wetter mochan jo net mir –
vielleicht is in Herrgott zum Rearn,
weil de Leut auf eahm nimmer hearn.

Aufghobm

Im Wohnzimmer steht a Glas-Vitrin,
do san an Haufn Glasl drinn.
Von jeder Sortn, is wos do –
und stellts euch vor, es geht koans o(b).

Do stehngan s` drinn, sche noch der Reih,
koan Pecker gibt's, des siahgt ma gleih.
Waunn abgstaubt is, schaun s` gaunz guat aus,
waunn s` staubig san, daunn is`s a Graus.

Drum hob ih s´ neulih wieder putzt –
do frogt mih `s Dirndl gaunz verdutzt:
„Haubm mir de ah scho moi ghobt?" –
Ih glaub, do hot s` mih wohl ertoppt!

Zur Hochzeit scho, haubm mia de kriagt
und stets aufghobm, dass koans obifliagt.
Zerst is ma stolz und schätzt den Wert,
sie wer(d)n nur augschaut und recht verehrt.

Daunn kumman d Kinder – seids doh ehrlih,
do san schene Glasln zgfährlih.
So losst ma s` wieder drinnen steh
und denkt sih weiter, mei wia sche.

Noch etla Joahr, do frogst dih moi,
wo do der Sinn drinn stecka soi.
Doh inzwischn san s` längst unmodern,
drum nutz ih s` wohl, ah heut net gern.

Renoviern

Scho neunzehn Joahr san mir im Haus,
fir 's Erste schaut's nu gaunz guat aus.
Doh waunn ma's moi genau betrocht,
so haubm de Joahr scho Schodn gmocht.

D Fassad erneuert haubm ma jo
und wieder bröckelt d Mauer o(b).
Oa Fensterzier droht oberzfalln,
de andern sollt ma übermaln.

De Kuchltir is hängad wor(d)n,
d Scharnier haubm wohl de Kroft verlorn.
Der Wosserhahn, der tropft net nur,
de Latschn deckt scho 's Beckn zua.

Und d Duschn schaut recht gschmackig aus,
der Kalk im Bod, des is a Graus.
Des Fernsehschaun mocht ah koa Freid,
a neiche Couch, waar an der Zeit.

Schier überall kunnst renoviern,
de Möbln gleich zum Sperrmüll fiahrn. –
Host dih daunn zum Kauf entschlossn,
stehst im Gschäft und bist verdrossn.

A Couch hot jetzt koa Lehne mehr
und zwanzig Polster miassn her. –
Is moi endlih oane gfundn,
gfreist dih übern Stoff, den buntn.

Nur findst koan Teppichbodn dazua,
firn Holzbodn is de Hech net gnua.
Muaß der Vorhaung ah nu weichn,
host bestimmt koa Freid mi(t)m neichn.

Denn woar der Store moi pflegeleicht,
is heut de Freid beim Bügeln seicht.
Beim Seitnteil mogst durchischaun,
do kunnst da nix Verbotnes traun.

A Kastn is heut unmodern,
an Riesn-Bildschirm siahgt ma gern,
drei Brettln links und rechts davau,
sodass ma net zvü hinstelln kau(nn).

Drum isst ma heut vom Schochtlwirt,
damit dahoam des Gschirr net irrt.
De Schochtln wer(d)n gleih daunighaut,
derweil ma nu am Essn kaut.

Weil ih fir `s Gschirr koan Plotz mehr hätt
und `s Daunihaun, des liegt ma net,
so bleibt der alte Kastn steh,
denn „Gott sei Daunk" is der nu sche.

Jetzt derf ih woschn und poliern,
und alles wieder einsortiern.
Doh waar`s bei mir genau so laar,
hätt ih`s beim Putzn, halb so schwar.

Nix wird besser

Endlih haubm mia im Bod renoviert
und in a neiche Duschn investiert.
Dafir muass ih jetzt a Stockerl nutzn,
wü ih de Duschwänd moi gründlih putzn.
Weil heutzutog san de a bisserl länger,
drum kaunn ih s` händisch net daglänga.

Sprüh ih mei bewährtes Putzmittel auf –
daunn hob ih nur an Haufn Foahrer drauf.
Also hob ih ma a milders gsuacht
und über `s Ergebnis genau so gfluacht,
denn jetzt perlt `s Wosser nimmer o(b)
und ih steh mit der Gummilaschn do!

Siahg ih moi endlih koane Tropfn mehr,
kimmt von obm frisch a Wosser daher.
De Regnbrausn wird ihrm Namen grecht
und schickt Wosser, ah waunn ma goar koans mecht.
Waunn ih Glück hob kummt nur `s Leiberl drau(n),
sodass ih mih hoid wieder umziagn kau(nn).

Hob ih aber mein Kopf ah nu drunter,
daunn werd ih erst so richtig munter!
Wia soll ih in der Fruah d Hoar nu föhna?
Ih kaunn ma so scho koan Aufschub gönna.
Zwanzg Joahr woar ih zfriedn mit der altn
und wollt ma deshalb des Modell gholtn.

Noch Monatn schließlih hob ih`s gfundn,
doh de Alte hot mih net so gschundn!

De Locknprocht

Wia sche is doh a Locknprocht –
nur des, wos mih stets fertig mocht,
san d Hoar im Bod und überall –
des is fir mih de größte Qual.

Waunn ma grod amoi in d Duschn geht
und `s Wosser bis zum Knöchl steht,
obwohl koa Stoppl drinnen steckt,
weil des Ausputzn jedn schreckt!

Mechst moi schnell de Zähnd nu putzn,
kaunnst des Woschbeckn net nutzn,
weil`s angstraht is mit launge Hoar,
de san vom Dirndl – des is kloar.

Waunnst Glück host is `s Beckn trockn,
daunn kaunn ma de Hoar leicht pockn.
Doh meistens is ois waschlnoss,
ih kau(nn) neamd sogn, wia ih des hoss!

Vom Bodn wü ih goar net redn,
do findt ma sicher d Hoar von jedn.
Do is ah relativ leicht gsaugt,
nur, dass hoid meistens net laung daugt.

Woartst auf Hilf, so kaunnst dih brausn –
der Mama derf vor nixi grausn.
Oft wünschat ih uns ohne Hoar,
daunn waar`s mi(t)m Graus im Bod gleih goar!

***

Doh, bei dem, der koans verliert –
gibt`s ah nix, wos d Kopfhaut ziert!

Die Lockenpracht

Wie schön ist doch eine Lockenpracht –
nur das, was mich immer fertig macht,
sind Haare im Bad und überall –
das ist für mich eine große Qual.

Wenn man gerade in die Dusche geht
und das Wasser bis zum Knöchel steht,
obwohl kein Stoppel im Abfluss steckt,
nur, weil das Ausputzen jeden schreckt!

Möchte man schnell die Zähne putzen,
kann man das Waschbecken nicht nutzen,
weil es bedeckt ist mit langem Haar,
das ist von der Tochter – das ist klar.

Trockene Becken sind kein Problem,
da entfernt man Haare ganz bequem!
Doch meistens findet man nur nasse,
ich kann nicht sagen, wie ich das hasse!

Am Boden sind Haare aller Arten,
auf Hilfe braucht man gar nicht warten.
Den anderen reicht es, sich zu brausen,
der Mutter darf vor gar nichts grausen.

Schön – würde keiner von uns haaren –
das könnte manchen Stress ersparen.
Doch würden wir kein Haar verlieren,
könnte auch nichts die Kopfhaut zieren!

Echt klass!

Am Dienstog faung ih erst Mittog au(n),
echt klass – wos ih do ois mocha kau(nn)!
In der Fruah derf ih länger schlofn,
de Hoar und `s Bod werd ih scho schoffn.
Firs Wohnzimmer brauch ih grod a Stund –
ih bin sicher, dass des ausgeh kunnt!
Mittog mecht ih a Mehlspeis mocha,
weil nur dienstogs bleibt Zeit zum Bocha.

De andern werdn jetzt gleih weggafoahrn,
Stress – moch ma ih heut sicher koan.
Doch daunn bringt `s Dirndl d Garage net zua,
de liabe Technik, de bleibt heut stur!
Mit jedem Griff auf den Drucker,
mocht des Tor moi grod an Rucker.
So spiel ih mih fir zwanzg Minutn,
jetzt wird's eng – ih derf mih sputn!

Scho längst soll ih in der Duschn steh,
beim Putzn wird heut ah nix sche.
De Hoar wer(d)n trockn – von alloane,
doh Frisur hob ih deswegn koane.
Meine Hoar san wohl nia des Schena,
aber den Anblick muasst erst gwehna!
Den Buam von der Schui muass ih heut holn,
dabei hätt ih `s Wohnzimmer putzn wolln.

Daunn is`s häufti Zeit zum Toag zsaummriah(r)n,
dass ma pünktlich wos zum Essn kriagn.
Zum Umziagn muass ih jetzt scho renna,
es wird jo net gleih wos verbrenna.
Nur – der Auflauf is übergrunna,
des Bockroahr muasst da moi vergunna!
Gschwind den Ofn notdürftig putzn,
tuat`s ah am End net recht vü nutzn!

De Zeit zum Essn bleibt ma nimmer,
ah der Regn wird oi(ll)weil schlimmer.
Waunn jetzt auf der Stroßn nu wos is,
kimm ih zspot in d Arbeit, des is gwiss.

Energiespoarn

„Mama, dei E-Herd braucht an Haufn Strom!",
hear ih mahnend von mei(n)m Sohn.
„Ah die Woschmaschin is net vü besser –
der Trockner is der greßte Fresser.
Des Lebm is teuer, d Energie wird knopp,
Spoarn is augsogt, daunn bist top."

Des Liacht beim Fruahstuck draht der Papa o(b) –
brenna losst er`s im Büro.
In der Garage und auf der Kellerstiagn –
wird koan der Strom recht intressiern.
Wü(ll)st aber im Haushoit net drastisch spoarn,
frisst der Stromverbrauch dih oarm.

Bei fünf Handys, Fernseher und PC –
do tuat d Energie koan weh.
Bei sowos is der Stromverbrauch nichtig,
außerdem san de gaunz wichtig.
Weil High-Tech mecht heut neamd mehr missn,
und `s Haushoitszeugs wurd außigschmissn.

Guat und schlecht

Des is guat ...

Im Haushoit hot`s heut koaner schwer,
de Technik mocht hoid scho was her.

Des Essn wird vom Ofn kocht,
von der Woschmaschin de Dreckwäsch gmocht.

Zum Trickan schoitst an Trockner ei(n),
sche muass net amoi mehr `s Wetter sei(n).

Beim Fensterputzn, Bodnwischn,
findt der Daumpfer jede Nischn.

Koa Schnur mehr gibt's am Telefon,
beim Bügeln hilft a Daumpfstation.

De Hausfrau hot`s heut wirklih sche,
nur sollt hoid immer alles geh.

Des is schlecht ...

De Suppn kocht,
und zruckdraht is –
jetzt geht s` über,
des is fies.

Des Backrohr hoazt,
des Lamperl leicht –
doh `s Fleisch is roh,
man hot`s net leicht.

D Woschmaschin woscht,
ih hob a Freid,
zum Fertigwerdn
waar `s längst scho Zeit.

Der Trockner rennt,
de Wäsch bleibt noss!
Waunn `s Zeug net geht,
wia ih des hoss.

Des Auto foahrt,
mei is des fei(n)!
Nur d Klima streikt –
de muass net sei(n).

Daunn spinnt der Blinker,
des mocht koan Spaß,
weil ohne foahrn –
des is a Schaß.

So spoar ih `s Geld,
daunn firn Benzin –
nur kumm ih so,
hoid nirgnds mehr hin.

Verschwörung in der Kuchl

So a Abwoschfetzn is a lästigs Trumm,
waunn immer ih in d Kuchl kumm,
liegt der gaunz noss im Beckn drinn,
dabei häng ih eahm doh auf `s Gitter hin!
Sobald ih `n in Verwendung hob – gaunz kurz drauf –
häng ih eahm durt zum Trickan auf.

Doh – ih glaub, er findt den Plotz net sche,
denn immer, waunn ih aus der Kuchl geh,
liegt er gleih zsaummdraht wia a Knedl,
waschlnoss auf an Jausnbrettl!
A Glasl steht meist nebendrau
und ih faung wieder `s Woschn au(n).

Daunn muass ih ah nu `s Beckn putzn
und mecht zum Trocknen `s Gschirrtuach nutzn. –
Waunn ih feststell, des Tiachl is genau so noss,
is des des, wos ih am meistn hoss!
Wos haubm die zwoa bloß gegn mih?
Dass ih ständig nur der Descheg bi(n).

Begegnung der dritten Art

Ih glaub, in meiner Woschmaschin
sitzt a Außerirdischer drinn!
Wer sunst kunnt so den Vorhang zreissn
und de gaunzn Sockn zbeissn.

Mecht ih wos ins Wäschenetz gebm,
is de Idee firn Hugo gwe(s)n.
Der Reißverschluss is sicher offn
und ih kau(nn) wieder moi nur hoffn,
dass der BH nu Bügln hot
und um d Maschin waar extra schod.

Neulih hob ih a Spielzeug gwoschn
jede Foarb in eigner Toschn
fest verknüpft oder mit Reißverschluss
und drüber nu a Schnur zum Schluss.

Doch olle Knöpf san offn gwe(s)n
tausend Rondis* in der Trommel glegn.
Ih wollt goar net meine Augn traun
und net d Blattln einzeln außerglaubm.

Ih mog nu so vü kontrolliern,
wird er sei Toschntuach verliern –
und des sicher in der schwoarzn Wäsch,
do san Papierfutzerl extra fesch.

*) Bunte Plastikteile zum Zusammenbauen!

Schoit ih a reine Weißwäsch ei(n),
is sei roter Sockn dabei!
Ih frog mih goar net, ob er raucht
und bin sicher, dass er Wosser braucht!

Doh tat mih brennend intressiern,
hot er Hoar – muass er sih frisiern
und waunn d Sockn sei Leibspeis san –
warum frisst er daunn immer nur an!?

Ausgaunga

Ih woaß net, wia`s bei de andern is,
doh oans, des woaß ih sicher und gwiss,
dass s` jeder braucht am gewissn Haus,
nur waunn s´ ih brauch, is d Papierrolln aus.

De Papierrolln, von der ih do red,
is net `s Oanzige – bei weitem net!
Des ziahgt sih bei mir aso dahin,
gaunz egal an woicharn Ort ih bin.

Waunn ih in der Fruah in d Duschn geh,
gwiss, dass ih ohne Shampoo drinn steh.
Richt ih daunn im Buam a Jausn her,
muass ih feststelln – de Brotlod is leer.

Brauchat ih amoi a Toschntuach –
is`s sicher, dass ih erfolglos suach.
Ih kaunn koans findn von de Packl,
im Kastl liegt nur `s laare Sackl!

Tat ih moi schnell a Joghurt wolln,
hätt ih`s vor zwoa Tog scho nehma solln!
Plogat mih der Durscht, daunn gibt's nix mehr,
garantiert san olle Floschn leer.

Do kimmt ma jetzt scho de Frog in Sinn,
warum grod immer ih diejenige bin,
de sih zwoar ständig mi(t)m Hoamtrogn schindt,
aber netta laare Ladln findt.

Produktiv

Ih mecht so gern moi wieder schreibm,
doh wü ma padu de Zeit nia bleibm!
Immer wieder denk ih drüber noch,
wos ih an gaunzn Tog so moch.

Ih muass mih net grod ständig plogn,
dass ih nix tua, kaunn ma ah net sogn.
Doh irgendwie, geht's ständig dahin,
sodass ih oi(ll)weil nur drawig bin.

Tog fir Tog geht um, gleih wird`s Nocht,
und wieder is net recht vü gmocht.
Fir nix verwendet – all de Stundn
und doh nia Zeit zum Rastn gfundn.

Oamoi ausschlofn – net drawig sei(n),
nur `s Fleisch soll zeitig im Ofn sein.
De Zuaspeis waar zum außerbocha,
und an Salat muass ih nu mocha.

Wo bleibt denn heut der Bua versteckt ?
Ih hob jo den Tisch nu goar net deckt!
Er tuat des sunst doh liebend gern,
des hoit so sche vom Lerna fern!

Mir fehlt`s am Schwung und am Elan,
hob an Haufn Arbeit und koan Plan.
Doh oans nochn andern – waar doh glocht,
wird am End daunn doh ois gmocht.

***

Nur der Zettl bleibt wieder laar,
weil sunst hoid nix erledigt waar.

Falscher Zeitpunkt

Firs Schreibm, do sollt ma Zeit sih nehma –
woar scho oft bei uns des Thema.
Doch waunn ih grod moi oane hätt,
fehlt mir der Einfall hoid komplett.

Waunn ih dafir recht drawi(g) bin,
kam mir ah nu des Schreibm in Sinn.
Gfreit mih der Haushoit goar net recht,
gaunz sicher, dass ih reima mecht.

Schreib auf jedem Zettel, den ih find,
weil ih`s jo sunst vergessn kinnt.
A Stücki Schochtl – ah alts Papier,
na, wählerisch bin ih do nia –
auf jedn Fetzn – des is gwiss –
wird kritzelt, dass ois festgholtn is.

Die Zeit, die rennt ma längst davau –
woaß net, wia ih nu Kocha kau(nn).
Wü ih des Essn net verbrenna,
derf ih zum Ofn oftmals renna.

Es kau(nn) durchaus sei, dass ih vergiss,
ob d Suppn eh scho gsalzn is.
Doh waar der Zeitpunkt richti(g) gwe(s)n,
hätt ih zum Schreibm gaunz gwiss nix gsehng.

Zweng Zeit

Waunn`s immer moi zum Furtfoahrn is,
wird mir de Zeit zkurz – des is gwiss.
Ois wü ih gaunz schnell verrichtn –
putzn, bügeln, d Wäsch einschlichtn.
Des Obst und `s Gmias vom Goartn holn,
des Unkraut tat ih zupfn wolln.
Im Keller schnö de Schuah ancrema,
und de Wäsch mit aufanehma.

Den Kühlschraunk sollt ih nu entleern,
sunst kunnt am End wos faulig wer(d)n.
Den gaunzn Tog renn ih durch `s Haus –
,Bei uns' – denk ih – ,schaut`s furchtbar aus.'
`s Essgschirr muaß ih wegarama,
ah der Spielkraum bleibt der Mama.
Immer wieder foit mir wos ei(n),
mir scheint, ih kau(nn) nia fertig sei(n).

Pock daunn d Toschn wia besessn,
des tuat mih nu extra stressn:
,Wos loss ih do, wos pock ih ei(n)?
Wie wird denn durt des Wetter sei(n)?
Wer(d)n ma mehr schwitzn oder friern?
Brauch ma doh wos zum Drüberziahgn?'
Des Spielzeug liegt jetzt ah bereit,
daunn war ih endlih moi so weit.

– Falls`s in de Toschn eini geht! –
Leider net, weils vorn außi steht.
Hurra scho passt`s – des is a Freid,
weil des spoart jetzt a Menge Zeit.
Vom Buam d Hosn ghört nu eini
und zletzt daunn hoid de meine,
ui – des is aber a Problem,
des wird an Haufn Foitn gebm.

Des Handy schnö nu obm drauf,
weil ohne – nimmt heut neamd in Kauf.
Der Papa, scho vom Auto schreit:
„Geh weiter, Mama, es wird Zeit!"
‚Is ois ausgschoit, san d Fenster zua?'
Sunst find ih jo doh koa Ruah!
Der Griff auf d Haustir muass nu sei(n)
daunn renn ih aber wirklih gleih!

Im nächstn Lebm

In mein nächstn Lebm werd ih a Mau,
weil oafoch hot ma`s net ois Frau.
Des Kinderkriagn is scho net sche,
der Mau derf daunn zum Feiern geh.

De Frau liegt in der Klinik drinn
und denkt, ob ih wohl fähig bin,
mei Kind moi richtig zu erziahgn,
bei an Unfoll zum Doktor zfiahrn.

In der gaunzn Kindergoartnzeit,
waunn des Kind in der Fruah recht schreit,
muass sih de Mama überlegn,
ob die Entscheidung richti gwe(s)n?

San d Kinder kraunk, beim Doktor sitzn,
nochmittog bei der Aufgob schwitzn,
de Zeit firn Haushoit dauna stehln,
mit Streitigkeitn obiquäln.

A Schoar fremde Kinder hirtn
und maunche davon – bewirtn.
„Des Essn heut, woar grod koa Schmaus!"
So schaut der Tog fir d Frauen aus.

Der Papa merkt von oi dem nix,
sei Togesoblauf, der bleibt fix.
Auf d Nocht hot er sei große Freid
und nimmt sih fir de Kinder Zeit.

Ih steh nu brav in der Kuchl drinn,
weil ih mi(t)m Gschirr net ferti bin.
Daunn nu schnö a Gwaund einschlichtn
und endlih übers Bettgeh richtn.

Oft kaunn ih net olles schoffn,
so geh ih oi(ll)weil später schlofn.
Der Mau der schloft beim Fernsehn boid,
jo, so a Job, der stressed oan hoid.

Er tuat sih bei de Freind beschwern:
„Ih glaub, mei Frau hot mih net gern,
den gaunzn Tog is granti nur,
von a bisserl Liab zu mir, koa Spur."

Ah im Urlaub haubm`s d Maunna schena,
ois Frau derfst oi(ll)weil mehra renna.
Zerst scho moi des Kofferschlichtn,
danoh kaunnst über d Wäsch nu richtn.

Der Papa derf bei de Nochbarn steh
und moant: „Mei woar der Urlaub sche.
Morgn scho muaß ih in d Arbeit foahrn!"
A so a Mau is wirklih oarm.

Drum werd ih im nächstn Lebm a Mau
und loss des Unguade meiner Frau.
A Plotz fir mih – waar ah scho frei,
a Freind von uns der tauschert gleih.
Er fandert`s nämlih total klass,
waarn d Maunna daunn auf eahm recht haß.

Mutterfrust

Autoritätsprobleme

Wos is bloß mit meim Kind passiert,
dass de nur `s Fernsehn intressiert?
Waunn der Kastn `s Kommando kriagt,
sie rundum nix mehr heart und siahgt.
A Biachl lesn begeisterts nui(ll),
genau wia d Aufgob fir de Schui(l).

Beim Fruahstuck sitzt s` laungmächtig do,
beißt ewig bei ihrm Brot net o(b).
Mei: „Kumm, dir rennt die Zeit davau“,
richt bei meim Dirndl goar nix au(n).
Ah beim Anziagn wird's net gscheiter,
do tuan s` gleih oi(lle) zwoa net weiter.

Zuerst ziahgn se sih gaunz fertig au(n),
daunn is moi `s Zähndputzn drau(n),
is `s Leiberl daunn voll mit Pasta,
gehngan s` umziahgn meine Gfraster.
Ih woaß net, wos ih mochn soll,
hob in der Fruah scho d Nosn voll.

San s` moi endlih draußt bei der Tir –
schofft`s mei Dirndl zu Mittog nia,
dass sie amoi de Potschn nimmt
und net wieder boarfuass kimmt.
Beim Essn geht`s daunn mächtig zua,
ih schrei: „So gebts doch endlih Ruah!“

Dabei wird d Mahlzeit wieder koit,
wofür des Interesse foit.
So ram ih s` schließlih wieder o(b),
derweil liegt d Aufgob ah scho do,
is der Tisch ah nu verschmiert,
des Hefterl hoid a Fettfleck ziert.

Derweil ih glaub, dass s` umziahgn geht,
siahg ih, dass s` beim Fernsehn steht!
Do waar d Aufgob gleih vergessn,
weil jetzt is sie vom Film besessn.
Dem Buam mocht ah des Fernsehn Freid,
er hot firs Klogeh nimmer Zeit.

Firs Gwaund wird koa Hokn gfundn,
`s meiste laundt am Bodn druntn.
Ah d Toschntiachln san a Gfrett,
de findn hoid koa Toschn net.
Im gaunzn Haus san de verstraht,
des Zaumglaubm is ma längst scho zfad.

Is d Aufgob daunn endlih gmocht,
sie wieder noch dem Fernsehn trocht.
Der Bua tuat Legospieln danebm,
nau des Wohnzimmer muasst da gebm.
`s Furtfoahrn kaunnst meist gleih vergessn,
vü zlaung bei der Aufgob gsessn.

Wü ih nu schnell zur Oma foahrn,
intressiert des Anziahgn koan.
Loss ih s`daunn alloa im Haus,
zoiht sih des Wegfoahrn goar net aus,
es losst ma sowieso koa Ruah,
ih denk, wie geht`s dahoam nur zua.

Is der Tog daunn fost vorbei,
schreit sie beim Zsaumrama gleih:
„Des is gemein, des find ih fies,
weil der Saustall von mir net is!"
Alloa wü`s der Bua net mocha,
oiso tuat`s de Mama nocha.

Auf d Nocht miassn s`in Papa quäln,
do braucht de Mama nix verzähln.
Waunn`s ah um wos von eahna geht,
so interessiert des beide net.
Jo, es gibt Tog, do kimmt ma vir,
ois waarn die Kinder net von mir.

Des teischt

Jetzt schaut`s wohl so aus,
ois waarn Kinder a Graus. –
Es gibt scho ah de Zeit,
do mochans oan Freid,
doh wisst`s es ja eh, –
des Schiache tuat weh,
drum mecht ma`s verzähln,
mit wos oan oft quäln.

Nur gibt's net recht vü,
mi(t)m nötign Gfüh –
und heart dir wer zua,
kriagst Ratschläge gnua,
doch neamd gibt da Recht,
weil er besser sei mecht!

Des Gfüh wollt ih nur,
dass`s passt, wos ih tua!
A guats Wort bloß hearn,
jetzt is ma zum Rearn.
Der Kummer is groß,
`s Selbstvertraun bin ih los.

So kimmt ma hoid vir,
ih gib`s zu Papier –
des gibt so sche Ruah,
des redt ma net zua –
aber ah net dagegn
und oft is`s scho gschegn,
brauch net vü mocha,
muass ih oft locha.

Derweil ih mih frog,
wia ih`s euch jetzt sog,
wia`s am Gscheitern klingt,
wos den Ärger bringt,
wia ma`s ändern kunnt,
vergiss ih den Grund.

Waunn mih wer versteht,
es andre ah so geht,
bin ih net alloa, –
wird der Kummer kloa.
Und waar der Frust net gwe(s)n,
hätt`s zum Schreibm nix ge(b)m.

Waunn de Kinder selbständig wer(d)n

De Kinder moanan: „Mia san scho groß!",
des is fir de Mama grandios.

„A Gwaund brauchst uns nimmer außerlegn,
mia suachn selbm, wos ma anziahgn megn!
De Jausn kinnan mia scho richtn
und ah de Wäsch in Kastn schlichtn.
Unsere Zimmer wolln mia putzn,
du kaunnst die Zeit daunn anders nutzn."

Der Bua, der mocht sei Aufgob alloa.
„Ih geh in d Hauptschui, bin nimmer kloa",
moant er stolz und sperrt sei Zimmer zua.
Aber der Mama losst des koa Ruah.
So geh ih um d Toschn in der Nocht
und schau, wia der Bua sei Aufgob mocht.

„13.85 Uhr" steht glott drinn
in sein Matheheftl – des mocht Sinn.
In Englisch kaunnst koa Wort dalesn,
in Deutsch – die Rechtschreibung vergessn.
Kapiert hot mei Bua wohl net recht vü,
de Schui schofft er nia, hob ih des Gfüh!

In der Fruah, waunn`s Zeit zum Aufsteh is,
do gibt's koa Problem mehr, des is gwiss.
`s Dirndl wü sih nix nochsogn lossn,
und fuattert im Pyjama d Hasn.
Daunn richt ma de Jausn nebmanaund
und arbeitn ständig über d Haund.

Firs Fruahstuckn bleibt net recht vü Zeit,
mi(t)m Woschn hot der Bua koa Freid.
Es is scho spät, d Minutn rennan,
meine Kinder koa Anzahn kennan.
Waunn ih schrei: „Wo bleibts denn – schauts auf d Uhr!",
tuat s` ah nu Hoar flechtn in der Fruah.

Daunn steht s` rücknfrei vor mir – des Gfrast,
weil des Shirt genau zur Hosn passt.
Dass in Kalender Februar steht,
sowos interessiert mei Kind grod net.

Ah in d Duschn geht s` nur, waunn sie wü,
fir des hot de Mama eh koa Gfüh.
Hot die ah grod moi des Bod frisch putzt,
so wird's hoid wieder zum Duschn gnutzt.
Danoch ziahgt se sih wos Frisches au(n),
des hot s` zwar eh in der Fruah scho tau,
doh is sie jo do nu dreckig gwe(s)n,
drum muass s` jetzt `s Gwaund zum Woschn gebm.

Beim Buam steht a Englisch-Test ins Haus.
Des Lerna mit eahm, des is a Graus.
Mechast moi gern an Vorschlog mochn,
san fir eahm, des nur doofe Sochn.
„Wos schoffst ma den fir an Bledsinn au(n),
waunnst woaßt, dass ih so net lerna kau(nn)!?"

Sie glaubm oan nix, san ständig gscheiter,
bringan am End daunn doh nix weiter.
De bügelte Wäsch bleibt vor der Tir,
an a Zimmerputzn dengans nia.
Ja, waunn de Kinder selbständig wer(d)n,
daunn is der Mama maunchmoi zum Rearn.

Pubertät

Ih mecht meine Kinder gwiss net missn,
doch tat ih liebend gern moi wissn,
wer hot bloß de Pupertät erfundn,
wer hot des fir so wichtig gfundn?

Ih hob glaubt, waunn der Bua a Lehr anfaungt,
ändert se fir mih so ollerhaund.
Ih brauch mittogs nimmer so vü kocha
kaunn in Ruhe mein Haushoit mocha.

Der Bua is ah net `s Problem zur Zeit,
doh mi(t)m Dirndl hob ih so mei Freid!
Seit an Joahr kummt ah der Freind nu dazua
so is`s aus und vorbei mit der Ruah.

Aufsteh tan s` in der letztn Sekundn,
daunn muass ma spoarn mit de Minutn –
somit bleibt immer olles liegn und steh,
waunn`s d Mama stört, kaunn s` jo nochigeh!

So verram ih d Zauhnbürtsln olle Tog,
weil ih `s Umanaundaliegn net mog.
Mit`m Duschnputzn haubm s` koa Freid,
zum Fruahstuckn bleibt sowieso nia Zeit.

Hot des Dirndl amoi ihr Zimmer putzt
und dazu meine Putz-Sochan gnutzt,
derf ih bei jedm Haundgriff fluachn
und zerst meine Utensilien suachn!

Der Sauger kunnt glott a Frisur vertrogn,
so wia von der Bürschtn d Hoar außiragn!
San ihre Bleami verbliaht und nimmer sche,
stellt sie s` am Balkon und durt bleibm s` steh!

Vom Essn losst s` drei Bissn – oft nur oan,
so kaunn ma sih `s Obwoschn daspoarn!
A aupotzts Glasl waundert vor de Tir,
dass sie`s amoi wegtrogt – erleb ih nia.

Tatn s` zum Essn gern wos tringa wolln,
is der Weg in Keller zweit – zum Holn,
oiso bleibt der Einkauf im Stiagnhaus steh,
weil daunn haubm s` net goar so weit zum Geh.

Meldt der Wetterbericht ah dreißig Grad,
sodass des Trangl schier kocha tat,
so interessiert des de zwoa net vü –
‚Ih kaunn`s jo wegtrogn, waunn ih des net wü!‘

A Kochplanung hot meist goar koan Sinn,
waunn ih ah zum Richtn alloane bin,
so erfoahr ih fir de Mahlzeit nia –
san ma drei, fünfe oder vielleicht vier.

So is mei Gfriertruchn zwoar ständig voll,
trotzdem woaß ih nia, wos ih kocha soll!
Waunn ih fir olle fünfe einkauft hätt,
gengan s` furt – oder es schmeckt eahm net.

Dafir is sicher zweng im Häfn drinn,
waunn ih auf d Junga net eingstellt bin.
Waunn ih fir d Jausn an Haufn kauf,
warman se sih a Tiefkühl-Pizza auf.

Mecht ih mih über des moi wo beschwern,
kriag ih nur von olle Seitn zhearn:
„Wos mochst da fir Sorgn, wos tuast da au(n)?"
Doh neamd gibt an Tipp, wia ih`s haundhobm kau(nn).

Darauf hob ih in der Zeitung glesn,
PUBERTÄT waar die Erfindung gwesn,
de a Loslossn erleichtern soll,
doh ih hob laungsaum d Nosn voll!

Ih mecht endlih de ersehnte Ruah,
denn, ih glaub, erleichtert waar ih scho gnua.

Urlaub

Der Summerurlaub im Südn

Noch wochnlaunger Alltogsplog,
gfreit sih jeder über ruhige Tog.
Nur im Hotel geht`s oft recht zua
und ma findt ah nochts koa Ruah.

So ruhig wia heuer woar`s nu nie –
des grenzt scho fost an Ironie.
Jetzt stört mih `s Schnoarcha von mein Mau,
so dass ih ah net schlofn kau.

Ah waunn er sih moi umidraht,
is er deswegn nu laung net staad.
Und mit jedm Rührer, den er mocht,
wird ah mei Seit in Schwingung brocht.

So geht 's Bett daunn auf und nieder,
net, wos es moants – des war net zwider.
Do is vom Schlofn goar koa Red,
möglih, dass`s bis in d Fruah so geht.

Nebmbei mocht da d Hitz zu schoffn
und losst dih wieder net recht schlofn.
De Sunn am Tog is wirklih nett,
aber nochts is hoid meist a Gfrett.

A Klimaanlog is do a Gschicht,
de blost da d gaunze Nocht ins Gsicht –
und gibt`s koane auf deiner Roas,
daunn is im Zimmer sakrisch hoaß.

Am Tog mogst ah net schlofn geh,
dazua is der Urlaub vü zu sche.
Moi ohne Arbeit is gaunz fesch –
nur schaust oft miader aus der Wäsch.

Drum host Urlaub fir zwoa Wochn,
daunn kummst gern in dei Betterl krochn.
Wei(l) ah waunn `s Furtfoahrn super woar,
so brauchst zum Erholn den Rest vom Joahr.

Urlaubserfahrungen

Do gfreit ma sih a Joahr laung drauf,
nimmt maunche Entbehrung in Kauf,
legt eisern sei Geld auf d Seitn,
leist sih oan Urlaub – eh koan zweitn.

Netta gmiatlih sei – nix denga,
nur der Sunn Beachtung schenga!
So hätt ma`s plant seit launger Zeit
und sih auf a Zeitl Nixtoa gfreit.

Host des Urlaubziel daunn grod erreicht,
de Freid vielleicht moi gleih entweicht.
Den Schlüssel host und scho geht's los –
wo versteckt sih unser Zimmer bloß.

An Lageplan, den gibt's do net,
der Weg nur über Stufn geht!
So schlepp ma d Koffern auf und o(b)
und stehngan ziemlih ratlos do.

Noch oaner längern Odyssee,
doh findn ma`s endlih – des is sche.
Nur des Glück is net von Dauer,
der nächste Schock liegt auf der Lauer.

Do modert`s und do mirkelt`s drinn,
so dass ih gleih gaunz fertig bin.
Oa Meter Nischn in der Waund,
bietet den gaunzn Plotz firs Gwaund.

Sogoar an Dunstabzug gibt's do,
nur ziahgt der Dunst nia wirklih o(b).
Es hängt a Kastl an der Waund,
scho dessn Anblick is a Schaund.

Mit an verrostn Lüfter drinn,
nur fehlt dem Gaunzn wohl der Sinn,
weil `s Kastl is jo rundum zua,
von Abzug findt ma do koa Spur.

Des Zimmers ollerschenster Fleck,
is des kloa Besnkammerleck.
Is ah drinn koa Besn zfindn –
und sunst nix, wos ma nutzn kinntn!

De Bodwaunn birgt koa Rutschgefoahr,
der Glaunz do drinn is längst scho goar.
Der Griff ums Haundtuach stets schockiert,
waunn d Schoar Ameisn drauf spaziert.

Des Fitnesscenter haubm s` versteckt,
des hot bis zletzt nu neamd entdeckt!
Am End woar um des doh net schod,
weil jeder Weg zig Stufn hot.

De Bodebucht hätt an super Straund,
nur findt ma durt mehr Müll ois Saund.
Der Menschheit Mist is ollerhaund –
doh selbst verschuldt und längst bekaunnt.

De Pflaunzn haubm ma wirklih gfolln,
der Ort jedoch is halb verfolln.
Der Anblick hot mih echt entsetzt,
ma füllt sih in der Zeit versetzt.

Anlassdichtung

Muttertag

… im Jahr doch nur ein einziger Tag.
Für den einen ist er Müh` und Plag`,
und der andere stellt sich die Frag`,
wie er wohl Freude schenken mag.

Geschäftssache? – Ja! Ist auch dabei,
aber ist das nicht ganz einerlei,
es geht doch alles nur ums Geld,
hier – auf dieser, unserer Welt.

Ich möchte aber nicht verzichten,
vielleicht könnt ihr mir doch beipflichten,
wenigstens an einem Tag im Jahr
zu sagen, dass sie gut als Mutter war.

Denn in jungen Jahren glaubt man mehr,
dass Muttersein leichte Arbeit wär`,
doch bist selbst betroffen, ist bald klar,
dass dies ein Riesenirrtum war.

Goldene Hochzeit

Gaunze fuchzg Joahr seids jetzt beinaund –
ih find, des is scho allerhaund.
Wer kaunn scho heutzutog nu sogn,
er tat sih ah so guat vertrogn.

Es is uns ollen sicher kloar.
dass des net immer einfach woar.
Nur, was des Schicksal ah bestimmt –
zu zweit man`s immer besser nimmt.

Ma moanat oft – in unsra Welt,
draht sih ois nur mehr ums Geld.
Jedoch gibt`s Sochan im Lebm,
de kaunn da um ois Geld neamd gebm.

Und mocht sih Glück und Gsundheit ra(r) –
Ertragn zwoa mehr, als ans alla.
Des Wichtigste auf dera Welt,
is nur de L i a b und net des Geld.

Jeder soll den andern ochtn,
net noch Besserstellung trochtn.
Ah Humor is ziemlih wichtig,
der mocht kloane Fehler nichtig.

Und des Zaummhoitn derf nia fehln,
daunn kau(nn) koa Kummer länger quäln.
So hobts de Joahr mitnaund verbrocht,
was euch net leicht wer nochi mocht.

`s Keksbocha

Der Advent is boid wieder do –
„Jo, a poar Kekserl wolln ma scho!"
D Kinder mechtn ah mitmocha,
se fandens lustig, des Bocha.

So faung ma am Wochenend au(n),
zerst is der Lebkuchn drau(n).
Zu dritt wird brav ausgstocha –
daunn is`s fir Mittog zum Kocha.

Der Mau is scho beim Fernsehn glegn,
ah d Kinder mochan sih`s bequem.
D Kekserl in der Kuchl duftn,
d Muatter derf alloane schuftn.

Der oane Toag pickt am Brettl au,
der andre rinnt ma gleih davau,
de nexte Sortn bricht beim Schneidn,
de Situation is gaunz bescheidn.

D Glasur is vernaundergrunna,
koa Pause kaunnst da do vergunna.
So feigelt`s mih de gaunze Woch,
aber fuchzehn Sortn hob ih doch.

A Freindin kummt nu zum Kaffee –
de Keks hob ih im Keller steh.
Ih richt den erstn Teller her –
und scho passiert mir des Malör.

Ih trog de Dosna wieder weg,
plötzlich scheppert`s – ach, oh Schreck,
zwoa Dosn san am Bodn knoit.
Glaubt`s mas, dass des koan Keks gfoit!

Aber außergfoin is net oans,
nur gaunz bliebm hoid ah fast koans.
Und fir d Kinder gibt`s a Hallo:
„Jetzt kriagn ma d`Keks vor Weihnochtn scho!"

Drawi(g)

Advent, Advent, die Zeit verrennt
und ih hätt boid de Keks verbrennt!
Derwei ih denk, wos ih nu moch,
vergiss ih de, wos ih grod boch.
Do frog ih mih: „Wo fiahrt des hi(n)?",
des gibt's nur, weil ih drawi(g) bi(n),
doh waunn ih d Keks firn Kübl moch,
kunnt ih mir `n spoarn den gaunzn Tschoch!
Drum pfeif ih jetzt auf `s Drawi(g)sei(n)
und stell mih gleih auf d Weihnocht ei(n)!

Weihnochtsstimmung

Im Herbst scho frogn s` im Radio:
„Von wos hängt d Weihnachtsstimmung o(b)?"
„Ob waunn waar`s Zeit zum Liaderspieln?"
Und wodurch d Leit Weihnochtn fühln?

***

Waunn faungt Weihnochtn wirklih au(n)?
Waunn ma im Fersehn spendn kau(nn)?
Der Postler nur Bettlbrief bringt?
In der Stodt ois „Jingle Bells" singt?

Waunn koane Muckn mehr taunzn,
und olle Kastln sche glaunzn?
Waunn im Goartn d Pflaunzn san gstutzt,
oder überoll d Fenster frisch putzt?

Waunn de Leut durch d Gschäfter rennan?
In der Stubm d Duftkerzln brennan?
Waunn ma an Punsch und Kekserl riacht
und neamd mehr in an T-Shirt siacht?

Na! – Waunn`s endlih still wird im Laund,
und de Leut sitzn gmiatlih beinaund!
Waunn draußn d Schneeflockerl taunzn
und de Kinderaugn glaunzn!

Waunn ma nirgnds mehr wos kaufn kau(nn) –
daunn faungt Weihnochtn wirklih au(n).

Weihnochtn

Wo is s` wohl bliebm de Zeit?
Wia d Kinderaugn woarn weit,
waunn s` sehnsüchtig haubm gwoart,
in eahna aufgregtn Art,
dass des Christkinderl kimmt
und a Packerl mitbringt.

Wo is die Zeit denn bliebm?
Wia`s draußn hot gschniebm,
wia d Kuchl hot grochn,
vom Lebkuchnbochn
und de Welt hot drau(n) denkt,
wos de Weihnocht uns gschenkt.

Wo is de Zeit nur bliebm?
Wia de Kinder haubm gschriebm:
„Mecht Schuah oder Sockn,
a Pupperl mit Lockn,
a Auto zum Ziahgn
tat mih gfrein, kunnt ih`s kriagn."

Heutzutog waar des koa Freid,
jetzt is Technik an der Zeit.
A Handy, MP3,
vielleicht a Laptop gleih.
A Roboter waar grod recht,
der Bua glott an Beamer mecht.

So hetzt jeder durch die Stadt,
bis er alle Packerl hot.
Überall herrscht Hektik pur,
von Besinnlichkeit koa Spur.
Zum Keksbocha bleibt koa Zeit,
oiso, kauft ma s` fertig – heut.

`s Weihnochtszeug und d Nikolaus,
stelln s` scho im September aus.
De Liader im Radio
strapaziern de Nervn scho.
D Shoppingtour, de nimmt koa End –
bis zur letztn Stund wird grennt.

Stress

Advent, Advent,
die Zeit verrennt
und du host s` mit tschineun verschwendt!
Es mocht da nix, jetzt im Moment–
du bist jo ah nix aunders gwehnt.
Aber amoi do kimmt der Tog,
do stellt sih ah für d i h de Frog:
„Für wos bin ih denn auf der Welt?"
Ih woart nur, dass ois schneller geht!
Drum nutz die Zeit,
die dir nu bleibt
und denk stets drau(n),
h e u t faungt der Rest vom Lebm au(n).

Arbeitswelt

Vorstelln

Vorstelln geh,
mei, des is sche.
Noch neunzehn Joahr –
mir is net kloar,
ob ih`s wirklih wü
`s is ah komischs Gfüh.

Zehn Joahr Hausfrau nur;
ob ih `s Richtge tua?
D Kinder san scho greßer
– vü geht scho besser.
Hob vom Haushoit gnua,
nur is jetzt ah net Ruah!

A bisserl Zeit nur findn,
oder doppelt schindn?
Wie wird`s wohl wer(d)n,
ob d Kinder vü rearn?
So im Haus gaunz alloa,
san s` doh nu zkloa?

Werd ih nur Vorwürf hearn,
oder wird`s besser wer(d)n?
Kaunn ih stolz drauf sei(n),
oder foahr ih wohl ei(n)?
Wer gibt ma an Rod (Rat)?
Neamd! – Des is schod.

Kurzes Gastspiel

Vor etla Wochn woar`s so weit,
vorbei woar do mei Hausfraunzeit.
An Traumjob hob ih ma gfundn,
arbeit jedn Tog drei Stundn,
hob zmittog gnua Zeit zum Kocha,
kaunn mein Haushoit ah nu mocha.

Geht in der Fruah de Zeit net aus,
und kumm ih moi zspot aus `m Haus,
egal – weil ih ah gleitn kau(nn),
so häng ih`s oafach zmittog drau(n).

Aber – wia`s oft so is im Le(b)m,
is`s hoid a kurzes Gastspiel gwe(s)n;
A poar Monat hob ih so verbrocht, –
de Firma hot zweng Umsatz gmocht.
San de Leut ah oi(ll) verdrossn ,
der Welser Markt, der is jetzt gschlossn.

Zum Stempelngeh haubm s` mih net meng,
ih hob um zwoarafuchzg Tog zweng.
Also meld ih mih fir an Kurs
und woaß, dass ih vü lerna muass.

Denk ah, ob ih nu Chancen hob
und suach nebmbei an neichn Job.
Nur d Arbeit waar natürlih schena,
nix lerna – weitaus bequema.
Doh sunst steh ih am End moi do,
und staub nur wieder Kastln o(b).

Kurz und bündig

Weil ih de Kündigung scho hob,
schick ih jetzt Bewerbungen ob.
Voller Hoffnung ruf ih moi au(n) –
frog, ob ma scho wos sogn kau(nn)?

Durt is a Frau am Telefon,
schreit gaunz sauer: „Wos frogn s` denn schon!?
Ih woar a gaunze Wochn weg –
kumm mit der Arbeit net vom Fleck.

Auf einer Schulung bin ih gwe(s)n,
und hob die Post nu goar net gseh(g)n.
Am Bestn wär`s ih nehm s` mit z Haus –
jo, so schaut`s nämlih bei mir aus.

Und waunn s`mih vierzehn Tog net hearn,
daunn wird`s mi(t)m Job wohl nix mehr wearn!"

Kopier-Gfoahr

Fehlkopien – gibt`s immer wieder,
sowas is koa Tragik – höchstens zwider!
Doh soboid `s Knöpferl druckt is wor(d)n,
mocht sih des Hirn wohl gaunz aundre Sorgn.

Ih woaß net, wos d Leut do dengan,
doh immer waunn s` vorm Kopierer stehngan,
so greifn s` noch eahn Hosnbund,
wia waunn de davon verrutschn kunnt.

Jo – `s größte Problem beim Kopiern,
is vielleicht de Gfoahr, sei Hosn zu verliern!

A freier Tog

Ih hob heut frei,
des nutz ih aus,
ih bleib im Bett
und schlof mih aus!

Kunnt shoppn foahrn –
ih hätt heut Zeit,
doh net alloa,
des mocht koa Freid!

Mecht moi lesn,
a weng wos nahn,
gmiatlih sitzn,
an Film aufdrahn!

Wü d Freundin sehng,
ins Kaffeehaus geh,
a Gaudi hobm,
des waar echt sche!

Doh des kost Geld
und mocht nur dick,
ah meine Hoar,
san heut net schick.

Ih sollt wos tuan,
des waar net schlecht.
A weng trainiern,
waar heut grod recht!

Ih hob heut frei –
des is a Graus,
ih bleib dahoam
und putz mei Haus!

Vorbei!

(… gekündigt)

Was einst verheißungsvoll begann,
in all den Jahren fast zerrann.
Alle Hoffnung längst geschwunden,
Tag für Tag nur abgeschunden!
Einst im siebten Himmel sich gefühlt,
ist nun die Freude abgekühlt!
Keine Schmetterlinge mehr im Bauch,
die Pläne – nur noch Schall und Rauch.

Paradox
(... arbeitslos)

Ih fühl mih mies, ih fühl mih schlecht –
de Hausarbeit gfreit mih net recht!
Ih fühl mih miad, ih fühl mih schwoch –
ah ohne Arbeit is`s a Tschoch!

Dabei hätt ih`s grod richtig sche,
ih brauch jo net in d Arbeit geh!
Ih hob jetzt ständig freie Tog,
derf tuan und lossn, wos ih mog.

Des Wetter is seit Togn sche,
ih kunnt durchaus in Goartn geh.
Kunnt ah schlechtes Wetter nutzn –
meine Kuchlkastln putzn,
`s Wintergwaund in Ordnung bringa,
und mein Staubfetzn schwinga.

Wollt oamoi tuan, wos ih grod wü,
net oi(ll)weil trochtn noch an Ziel.
Doh gibt's net vü, wos mih jetzt gfreit,
derweil hätt ih fir olles Zeit.

Sinn des Lebms

Zur Zeit gibt's wieder solche Tog,
do steht sih oft fir mih de Frog:
„Zu wos bin ih wohl auf der Welt?
Es trat sih immer ois ums Geld!"
Ih suach an Job, doh find ih koan.
Sitz am End scho mit fuchzg dahoam,
Seit zwanzg Joahr bin ih verheirat,
der Tog is nur vom Haushoit gsteuert.
Vormittag ram ih ois zaumm,
am Nochmittog do kennst das kaum.
A guats Essn gfreit meist nur mih,
drum kimm ih ah mi(t)m Gwicht nia hi(n).
D Hauptsoch is, ih hob d Arbeit tau,
sunst hot neamd Interesse drau.
Frog, ob mih der Mau nu mog,
ob`s d Kinder kratzt, waunn ih wos sog?
Maunchmoi fehlat jo net vü,
und scho hättst a bessers Gfüh.
Oa Liachtblick nur, a kloane Freid,
und scho waar `s Lebm wieder gscheit.
Doh daunn kimmt wieder so a Tog,
an dem goar nix hi(n)haun mog.
Daunn suach ih wieder moi vergebms,
noch dem Sinn meines Lebms.

Wettergschichtn

Der ersehnte Regn

Scho längst habm mia de Wiesn gmaht
und ah an Dung aufgstraht.
`s Radio sagt seit Togn scho
an längern Regn o(n).
Doh waunnsd oan brauchst – des is hoid bled
dauun kimmt er eben net.

So hob ih mir gaunz plötzlih denkt, –
er (Gott) hot mei Denkn glenkt,
ih werd jetzt de Fenster putzn,
wirst sehng, des wird nutzn.
Kaum dass ih nu fertig bin – gschwind,
der Regn vom Himmi rinnt.

Ih renn ums Zeug und gib glei Gas.
Na! – So mocht ma des koan Spaß,
jetzt scheint ma d Sun auf `s Fenster her,
do is `s Putzn a Malör.
Doh ih los mih net verdränga,
dauert`s hoid a bisserl länger.

Schnell a poar Zeiln niederschreibm,
bis dass die Wolkn bleibm.
Dauun putz ih gleih wieder weiter,
ih glaub, des is gscheiter.
Und hot`s firn Regn dauun doh nix gnutzt,
so san wenigstens die Fenster putzt.

Grod nu gschofft

Der Winter is umma,
des Fruahjoahr is kumma!
Vorbei is des Woartn –
ih richt übern Goartn.
Schneid zruck meine Rosn,
renn um d Düngerdosn,
leg meine Beetln au(n)
setz, wos ma setzn kau(nn).

D Bodndecker werdn gstutzt,
und de Erdbeern ausputzt,
de Solarlaumpn gricht,
de Goartnzwerg gschlicht.
Nu d Balkonblumen setzn,
jetzt muass ih scho hetzn,
denn finster wird's gleih,
der Tog is vorbei!

Schnell nu ois spritzn,
do siahg ih d Katz sitzn –
in dem frischn Goartn,
ois tat s` nur drauf woartn,
buddelt s` in oller Ruah,
scho d dritte Lucka zua!

Mei Goartn is a Graus,
wia am Schlochtfeld schaut`s aus.
Wia de Kerndln san gflogn –
ih kaunn`s goar net sogn!
Wos hot`s jetzt firn Sinn,
dass ih fertig wordn bin?

„Extrem"-itäten

Am Freitog schoitn ma d Heizung ein,
firn Montog meldens zwanzig Grad!
Wos foit do bloß an Petrus ein?
Des Auf und Ab wird laungsam fad!

Ma kaunn koa Wintergwaund verrama,
muass d Summersoch trotzdem viraholn;
heut mog ma sih net recht darwarma,
morgn wer(d)n ma daunn ois ausziagn wolln.

So unmöglih wia `s Wetter is,
so richtn sih ah d Leut oft zsaumm, –
mei Ansicht is vielleicht jetzt fies,
doh oftmals trau ih meine Augn kaum!

Do muaß ma auf a Volksfest geh,
durt wird oan sicher net fad,
do siahgt ma Leut in Flip-Flops geh
und rücknfrei, trotz vierzehn Grad!

Bei der Nächstn san d Stiefln drau(n), –
mi(t)m Minirock – des is gaunz normal?
Ah Wintermäntel haubms nu au(n),
mit woarma Strickhaubm und an Schal.

Zrissne Jeans und a Festtogsgwaund,
High Heels nebm Waunderschuah,
wos ma do ois siahgt, is ollerhaund,
dabei is des nu laung net gnua!

Bauchfoitn, de ausn Leiberl schaun,
Buam mi(t)m Bauarbeiter-Dekolleté –
es gibt scho Leut, de sih wos traun,
ih frog mih nur, wer findt des sche?

Anziagn kaunn wohl jeder, wos er wü,
doch firs Einstelln auf des Wetter
und fir d Ästhetik a weng a Gfüh
hot hoid heutzutog net jeder.

So geht's mir

Rengat wird's –
a Schirm ghört her!
Ih hob koan mit,
des is`s Malör.

Spring auf `s Radl auf –
tret hoam gaunz gschwind,
nimm d Näss in Kauf,
kämpf gengan Wind.

Schnell d Dusch in d Hand,
drah auf – sche woarm,
schlupf in a Gwaund,
na – bin ih oarm!

D Sunn locht mih au(n),
koa Spur vom Regn –
hoazt wos s` nur kau(nn). –
Wia derf`s des gebm?

Des hot sih auszoiht

Des Wetter woar scho länger sche –
a Quickpool wollt ma kaufn geh!
De Preise haubm uns goar net gschreckt
und trotzdem haubm ma überlegt.

Inzwischen regnt`s – es heart net auf,
scheint ah zeitweis de Sunn moi drauf ,
wird `s Wosser davon net recht woarm,
de Kinder san scho richtig oarm.

Beim Aufstelln schon – woar `s Becken leck,
und d Hälfte Wosser ah gleih weg.
Jetzt steht `s Bod schon etla Wochn,
is uns `s Wosser gleih moi brochn.

Drum loss ma`s jetzt hoid wieder aus,
im Goartn schwimmt ois, bis zum Haus!
Nur im Pool is nu koana gschwumma.
Jo, wo bleibt denn nur der Summer?

Voller Hoffnung, fülln ma`s wieder au(n),
und woartn, dass ma bodn kau(nn).
So hoff ma innig jedn Tog,
dass d Sunn moi länger scheina mog.

Vielleicht kunnt ma doh moi bodn geh,
daunn hot ma`s mit an Schwimmbod sche.
Sunst waar`s wohl wirklih gscheiter gwe(s)n,
mir hättn `s Geld fir `s Freibod gebm.

Kürbis

A Kürbis is koa runde Soch,
de gibt's ah länglich und gaunz floch.
Wia Laumpenschirm schaun maunche aus,
durch `s Anmaln mocht ma Gsichter draus.

De gibt`s in Gelb, Orange, Braun, Grün –
extra große, wia ah recht dünn.
Mit dickem Bauch und laungem Hois –
aber des woar nu laung net ois.

Butternuss und Bischofsmützn,
Hokkaidos kau(nn) ma schnitzn.
De stellt ma daunn vor d Haustir hin,
ois Geister-Schreck fir Halloween.

Mit Kerzn drinn – am Goartnzaun,
san s` gespenstisch aunzuschaun.
Am Laund siahgt ma s` gschlicht – in Massn
am Balkon und auf Terrassn.

Waunn s` ausdient hot – de bunte Procht,
wird nu ollerhaund Zeug draus gmocht.
So endet oft die „Häuserzier",
ois Suppn daunn im Kuchlgschirr.

Jeder wie er wü

Renga tuat`s – der Summer is vorbei!
Hoazn muasst – sunst friert`s dih gleih.

De meistn haubm damit koa Freid,
dass s` so gach um is, d woarme Zeit.

Des Radio moant, des is net schlecht –
fir den, der wos erledign mecht.

Do hob ah ih de Zeit gleih gnutzt
und meine Kuchlfenster putzt.

So mauncher denkt sih jetzt vielleicht,
mit dem hätt ih net vü erreicht.

Weil`s morgn wohl wieder renga wird,
daunn hot mei Putzn zu nix gfiahrt.

Des mog jeder hoitn wie er wü,
nur der Nochbar gibt ma a bleds Gfüh.

Weil der doh glott im Regn sitzt
und mi(t)m Schlauch sein Goartn spritzt.

`s Goarteno(b)rama

Anfang Oktober haubm ma scho,
draußn fangt`s langsam `s Koitwer(d)n o(n).
und wieder amoi is`s so weit,
zum Goarteno(b)rama wird`s Zeit.

Hab mih nu net überwundn,
drah im Goartn nu a Rundn,
mecht`s a letztes Moi genießn,
dass sogoar nu Knospn sprießn.

Wia ih, in der Arbeitshosn,
hinschau auf mei Minirosn,
siahg ih und bin ganz fasziniert,
wia gleih danebm a Primerl bliaht.

Dort a Bodndecker – gaunz nei,
sei Zeit is doh normal im Mai,
danebm im Rasn, ganz versteckt,
a Reserl `s Köpferl außerstreckt.

`s Beetl is nu so sche bunt,
schad waunn is nimmer auschau kunnt.
Ih moan d Natur kaunn`s ah net glaubm,
dass ma goar boid scho Winter haubm.

Nachdenklih schau ih auf de Procht,
der Tog vergeht – und scho is`s Nocht.
Wieder is nix gschehng im Goartn,
derf er hoid bis morgn woartn.

Über mih

Autobahn

Wü(ll)st moi schnell von A noch B,
so is a Autobahn recht sche.
Ohne Kurvn und Ampelfrust,
kaunnst do foahrn noch Herzenslust.

Damit vom Lärm daunn neamd wos heart
und wirklih nix de Umwelt steart,
nagelt ma rundum Bretter vir –
des gibt a echte Laundschaftszier.

Mia derfn d Steuern dafir zohln,
mit Vignettn, wolln s` extra holn.
Ah der Spritpreis is echt haß –
des Autofoahrn, des mocht an Spaß.

Oft gab`s sogoar a dritte Spur,
doh mocht ma s` meist mit Baustelln zua.
Mit Tafeln wird am End versaut,
fir wos ma s` eigentlih hätt baut.

Waunn nu a Lastwagn überholt –
mit neunzig auf der Schnellspur rollt,
so is der Sinn – so moan hoid ih –
von oaner Autobahn dahi(n).

Ih bin hoid a Frau

… drum woaß ih`s genau,
ma sogt uns stets noch,
mir hättn zvü Soch.

Waunn`s zum Furtgeh is,
des is vielleicht fies,
daunn find ih koa Gwaund,
des waar boid a Schaund.

Is d Hosn gfundn,
de meine Rundn
net zvü unterstreicht –
und ah net recht kneift –

kaunn ih von Glück redn,
tuat`s an Pulli gebm.
Doh sicher koan Schuah
oder Jackn dazua.

Nur beim Putzn is,
des find ih gaunz mies,
der Kastn gsteckt voll –
ih woaß net, wos des soll.

Wos sollt ih nur koitn –
wos wegtoa vom Altn?
Des is scho a Gfrett –
`s Weghaun liegt ma net.

Mindestens oane zweng

Boid is `s Hoarwoschn wieder drau(n)!
A Soch, de ih net aussteh kau(nn).
Des Woschn, waar jo koa Problem,
nur `s Föhna, wü ih mir net gebm.

Meine Hoar tan sowieso wos s` wolln
und haubm ma oft scho d Nervn gstohln.
So sitz ih mih vorm Spiagl hi(n)
und hoff, dass ih boid fertig bi(n)!

A Hoarsträhn in der linkn Haund,
werd ih gleih schwitzn in mein Gwaund.
Rechts hoit ih d Bürschtn – jetzt wird's eng,
mindestens oa Haund hob ih zweng!

Ih spreiz de Finger wie sunst nia,
hoit den Föhn scho mit de Knia.
Der Föhn, der faungt zum Rutschn au(n) –
ih glaub, de Zechan brennan scho.

Gaunz gschwind, reiß ih den Föhn in d Heh –
Gott sei Daunk, tuat nix mehr weh!
De Bürschtn rutscht mir aus de Hoar,
mei Föhnen is nu laung net goar.

So verscheiß ih glott a Stund,
in der ih Bessres mocha kunnt.
Derweil san d Hoar längst trockn wordn,
doh – mei Frisur, de mocht ma Sorgn.

***

De Hoar, de stehngan kreuz und quer,
ih glaub, jetzt foahr ih zum Frisör.

Ih derf jo net

Waunn immer ih `s Verlaunga gspier,
steh ih a Zeit vor deiner Tir.
Einmal schwoch wer(d)n – waar net vü,
trotzdem hätt ih a schlechts Gfüh.
So siaß und knackig liegst vor mir,
ih vergeh vor Sehnsucht schier.

Ja, mei Verstand, der sogt ma wohl,
dass ih des jetzt net mocha soll.
Im Kopf is kloar – ih derf ja net!
Ob des mei Körper ah versteht?
Am gscheitern is`s, waunn ih jetzt geh,
am End kunnt ih net widersteh.

An jedn Tog do fiarcht ih scho,
dass ih mih net beherrschn kau(nn).
Laung hob ih ma`s jetzt verkniffn
und nia noch deine Ripperl griffn.
Des Verzichtn wird ma zfad,
drumm bist heut drau(n) – du Schokolad.

Fitnesscenter

Montog und Mittwoch Vormittog,
is`s, dass ih mih beim Training plog.
Des Stiagnsteign und des Hantelhebm
soll mein Körper Kroft und Muskeln gebm.
Der Schweiß, der tropft ma von der Stirn,
auf d Nocht kaunn ih mei Gstell net riahrn.

D Wadln spaunnan, de Muskeln ziahgn –
woher kunnt ih nur Ansporn kriagn?
In de Zechan hob ih koa Gspiar,
jo, angschofft tat ma des wohl nia.
Oft mag ih kaum de Fiaß dahebm,
und fir des derf ih nu Geld ausgebm.

Aber `s Fitnesscenter mochst jo gern,
weil d Hauptsoch is, es is modern.
Nur alloa dahoam – des is fix –
do tuast fir d Gsundheit meistens nix,
und wengan Geld, do gehst daunn doh,
jo mei – der Mensch, der is hoid so.

Winterspeck

Der Winterspeck is wieder do,
derweil gang mir der goar net o(b).
De Hosn zwickt, des Leiberl spaunnt,
ih brauchat schier a greßers Gwaund.

A Schnee an sich war jo net schlecht,
nur dass ma hoid net außi mecht.
Zum Rama is der Mau daunn drau(n),
weil ih`s vom Kreuz hoid nimmer kau(nn).

Wochenlaung nur drinnen huckn
und a bisserl Fernsehguckn,
zwischendurch a wengerl putzn,
tuat da Körpermitt nix nutzn.

Is `s ah im Job gscheit drawi(g) gwe(s)n,
hot des mein Gwicht koan Abschlag gebm.
Mei Figur geht mih scho mächtig au(n),
drum is jetzt wieder `s Fastn drau(n).

Doh mei ewig verfressner Mogn
tuat mih am zweitn Tog scho plogn.
So is mei Erfolg hoid net recht groß
und zum Wochenend do bin ihn los.

+ zwoa

Scho mei gaunzes Lebm laung
unterlieg ih an Abnehmzwaung.
Hob ständig um fünf Kilo zvü –
Des waar net schlimm – hobts ihr des Gfüh?
Doh waunn ma`s joahrweis aufaddiert,
so siahgt ma erst wohin des fiahrt!

Ih hob ah scho Diätn gmocht
und ah a weng wos obabrocht.
Bis zwölf Kilo hob ih moi gschofft
und aufn großn Durchbruch ghofft.
Hob mih Tog fir Tog oft gschundn
doh nia an Weg zum Hoitn gfundn.

Vom Gwicht moi oba – des is zach –
doh oben host d as dafir gach:
oa Essn geh, a Ausflug nur –
des is firs Zuanehma scho gnua.

Nur noh grandig und verdrossn
hob ih mih am End entschlossn,
dass ih mi(t)m Gwicht mih arrangier
und d Grenz noch obm korrigier!

Des kinnts ma glaubm, des is a Gschicht –
gleih bist näher am Wunschgewicht.
Wer glaubt, des waar koa Lösung – irrt,
weil des gleih mehrfach funktioniert.

Hoffnungsloser Fall

Ih hob a Lesungsangebot kriagt,
damit ma ah in der Zeitung wos siahgt,
miassat ih jetzt a Foto hergebm –
do faungt`s fir mih scho au(n) des Problem!

Ih find net oa Foto von mir sche,
do kaunn ih ruhig zum Fotografn geh.
Auf oan schau ih aus, ois wia a Leich,
vom Kraunksei(n) woar ih a bisserl bleich.

Obwohl ih beim Frisör vorher woar,
stehngan beim Nächstn in d Heh meine Hoar.
Föhn ih ma s` selber, daunn schau ih aus,
grod a so wia a frisch taufte Maus.

Hot mir moi wer an Grinser entlockt,
bin ih von mein Anblick genau so gschockt,
wia waunn ih recht ernst schau auf dem Bild,
weil daunn wirk ih ärgerlich und wild.

Um ois Unschene zu vernichtn,
kunnt ma mi(t)m Fotoshop drüberrichtn.
Daunn bleibert nur mehr a laara Fleck,
und der Sinn der Soche waar ah weg.

Tat a Maler des Bild verfossn,
kunnt er gleich des Schiache weggalossn!
Ih kaunn nur auf wos Bessers hoffn
und waar fir jedn Vorschlog offn.

Schicksal

Oftmals im Lebm frogst dih wohl,
wos so maunches Ereignis soll!
Warum des grod so is passiert?
Ob der Herrgott net doh moi irrt?

Oder der Weg scho zeichnet is,
derweil der Mensch nu goar net is!
Vielleicht verschuldn ma `s Schicksal selbm?
Des san de Frogn, de mih oft quäln.

`s Meiste davon wer(d)n mir net klärn –
manches Schicksal is echt zum Rearn.
Doh jeder muass sei Binkerl trogn,
der Herrgott wird gaunz gwiss koan frogn.

So oafoch

Kaum is der Oktober do,
plog ih mih mit de Schleimhäut o(b).
Bei jeder kloan Verkühlung,
braucht mei Nosn gleih a Spülung.

Der Fochoarzt moant, es waar gaunz guat,
waunn ma des daunn ständig tuat.
A Rhinomeer waar dazua recht,
weil des ah gleih befeichtn mecht.

Gscheit waar nu – Locabiosol,
`s Rhinocortol tat ah gaunz wohl.
So hätt er's hoid verordnet,
aber die Kassa – de zoiht net.

Beim Hausarzt hob ih a Problem,
der will ma des Rezept net gebm.
Die Apothekn – des is fix –
gibt ma ohne aber nix.

Im Job do brauchst dei gaunzes Hirn,
dahoam sollst ah nu funktioniern.
Nur – waunn ih nochts net schlofn mog,
hob ih am Tog mi(t)m Kopf a Plog.

So bin ih in d Apothekn grennt,
hob gfrogt, ob mir wer helfn kennt.
An Nosnspray haubm die mir grotn,
der würd am End ah net vü schodn.

Zwoar muaß ih den ah selber zoihn,
aber Rezept brauch ih koans hoin.
Jetzt kaunn ih nochts vü besser schlofn,
und am Tog mei Arbeit schoffn.

***

Jo, so oafoch kunnt`s oft sei(n) –
warum foit des koan Doktor ei(n)?

So g s u n d !

Mei Salzburger Freindin und ih,
mia schlendern gaunz gmiatlih dahi(n),
a weng spaziern wollt ma nur geh,
ausnutzn, – dass `s Wetter so sche.
Ah de Kinder woar `s Mitgeh recht,
a bisserl außi – waar net schlecht.

In Richtung Stodt san ma gaunga,
do sehng ma a trumm Staudn praunga,
de is gaunz voll mit blaue Beern.
A Holler, moant s` – iss ih gaunz gern,
und so vü g s u n d soll der doh sei –
„Do nehmts ah wos“, lodt sie uns ei(n).

Der Bua sogt: „Des mog ih net!“
Do `s Dirndl gaunz gern kostn tät.
So maschiern ma daunn recht heiter
und noschn sche laungsam weiter.
Wia ma so gehngan, sehng ma Leit –
de haubm mit an Eis grod eahna Freid.

D Freindin moant: „Des waar ma ah recht,
weil ih eh den Gschmock ändern mecht.“
Sie sogt nu zu mir: „Geh schau –
ob ih uman Mund bin recht blau.“
Doh ihr Zung – grod grün is de gwe(s)n –
aber mir haubm koa Problem gsehn(g).

Der Bua mi(t)m Eis, der gfreit sih echt,
des Dirndl klogt: „Mir is so schlecht,
und recht Bauchweh hob ih jetzt ah!",
do woar ihr Tütn nu goar net laar!
Gaunz verdutzt schaun mir uns drauf au(n) –
ja, unser Bauch is ah so flau.

Do muass die Freindin überlegn:
„Am End is goar koa Holler gwe(s)n!?"
Gaunz betroffn geh ma hoam,
Kaffee und Kuchen brauch ma koan.
Der Guster is uns wohl vergaunga,
um unser Herz wird`s oi(ll)weil baunga.

„Wos werdn mia do bloß gessn hobm?"
Die Angst tuat uns gaunz mächtig plogn.
Der Verdocht wird immer toller –
die Beern woarn zgroß firn Holler,
Der Gschmock woar doh ah vü zsauer –
in unserm Bauch wird`s ständig flauer.

Schließlih wolln ma Gwissheit hobm
und tätn gern an Doktor frogn,
ob des vielleicht wos Giftigs is
und unser Lebm boid umma is.

`s Vergiftungszentrum ruaf ih au(n),
a Frau Doktor is durt drau(n)
und sogt: „Der Holler kehrt jo kocht!
Ih glaub`s, dass der roh koa Freid euch mocht."
Do wird`s uns ums Herz gleih leichter,
und des Bauchweh oi(ll)weil seichter.

Passiert is uns Gott sei Daunk – nix,
aber oans is fir mih jetzt fix,
waunn ih mih oamoi irrn kunnt,
und waar die Soch ah nu s o g s u n d,
waunn ih ma net gaunz sicher bi(n),
greif ih bestimmt nie wieder hi(n).

Kritikfähig

Mit der Kritik is`s so a Soch,
do san de meistn ziemlih schwoch.
De oan, de sogn gleich liaber nix,
de andern kritisiern gaunz fix.

Doh es kaunn seltn oaner sogn,
er tat ah selbm Kritik vertrogn.
Es mecht hoid jeder – so vü gern –
von sich nur Positives hearn.

Des Problem ist jetzt net nei,
des gilt jo ah fir d Schreiberei.
Ma kaunn durchaus an jedn frogn:
„Wia tatsd, jetzt du do besser sogn?"

Tipps und Vorschläg gibt's jederzeit,
nur hob ih meist damit koa Freid!
Ih wünschat mir, ih kunnt erkenna,
warum`s jetzt besser klingt und schena.

Waunn ih den Unterschied erkenn,
doh mih von Sinn und Aussog trenn,
so gibt ma des koa bessers Gfüh –
de andern glaubm, dass ih net wü.

Ih kunnt durchaus Kritik vertrogn,
nur mecht ih hinterher gern sogn,
ih hob kapiert, um wos dass`s geht,
und dass`s von mir is, wos do steht!

Zeit

Zeit is des, was mir stets fehlt,
vü mehr nu wia des liabe Geld!

Zeit is des, wos ewig dauert,
wenn da wos dei Lebm versauert!

Aber waunn sih der Mensch moi gfreit,
is ruckzuck um de schene Zeit.

Nur guat, dass koaner oane hot,
um des Gschäft is direkt schod.

Aber d Uhr, de tickt fir olle gleich,
gaunz egal ob arm oder reich.

Woartn

Ih sitz im Zimmer – find koa Ruah,
im erstn Stock, do woart der Bua.
Noch fünf Stund woar s` umi, die OP!
Der Doktor moant, eahm tuat nix weh.

Am erstn Tog haubm mia nur gwoart,
dass `s Cleanex mol a Wirkung zoagt.
Am zweitn Tog woartst in der Fruah,
bis dass `n holn, fir de Tortur.

Daunn renn ih stundnlaung im Kroas,
es gibt koa Ziel net, fir mei Roas.
Schließlih sitz ih und woart wieder,
d Hitz, de druckt mih extra nieder.

Schlog `s Biachl auf und wü lesn,
frog mih: ‚Wia is d Haundlung gwesn?'
Faung von vorn daunn nu amoi au(n),
weil ih mih net erinnern kau(nn).

D Doktorn haubm gmoant, es geht nix schief,
doh der Bua liegt auf Intensiv!
Ih kau(nn) nur sitzn und woartn,
ah des kau(nn) in Stress ausoartn.

Vorm Zähndziahgn

Joahrelang plogt mih a Zauhnd,
fir normal is des a Schaund.
Nur der Doktor moant, der waar gsund,
do gab`s firs Wehtoan goar koan Grund.
Aber mei Zauhnd woaß davon nix,
der werkt, waunn er mog – des is fix.

Togsüber gibt's jo koa Problem,
nur beim Bettliegn – gaunz bequem.
Am Tog kunnt ih Karottn beißn,
nochts tuat`s mih daunn stündlih reißn,
waunn ih durch`s Liegn nur ankimm drau(n),
– daunn elektrisiert`s mih scho(n).

Mir reicht`s – ih hob jetzt gnua,
ih lass `n ziahgn, daunn is a Ruah.
A paar Tog muaß ih nu schoffn,
geh nochts mit Tablettn schlofn.
Heut is`s so weit, jetzt sitz ih do
und woart de Spritznwirkung o(b).

Der Doktor moant: „Jö, schau –
do is jo doh a Eiter drau(n)!"
A Zupfn woas, a Krochn nur
jetzt is er draußt – und doh koa Ruah,
weil `s Loch, des tuat am Tog ah weh,
drum ih jetzt in mei Betterl geh.

Voll ins Schwoarze

Mei Situation is ziemlih mies,
den rings um mih herrscht Finsternis!

Ih hob ma `s rechte Aug verletzt
und bin auf `s Abstellgleis versetzt –
soit beide Augn gschlossn hoitn –
ois is ungwohnt – nix beim Altn!

Mit jedem Schritt, den ih mocha wü,
bin ih angwiesn auf mei Fingergfüh.
Ih tast mih Schritt für Schritt durchs Haus
und kenn mih maunchmoi nimmer aus!

Des kummt ma jetzt echt komisch vir,
do woar doh immer nu a Tir!
Der Weg ins Bod is ah vü zweit
außerdem fehlt doch do a Kastl heut.

Ih derf net lesn, net Fernsehschaun,
brauch mih net zum Computer traun,
zum Ofn – is ah koa guate Idee,
und de Wäsch, de bleibt im Keller steh.

Ih brauch ah net in d Arbeit geh,
nur find ih des im Moment net sche,
so a Tog is nämlih endlos laung,
waunn ma außa sitzn goar nix kaunn!

So a Kraunkenstaund tuat nix taugn,
drum Finger weg von eure Augn!

Faungt`s jetzt au(n)?

Zwanzg Joahr hob ih mih obiplogt,
mir jedes Fäu(l)sein untersogt,
hob jedn Haundgriff analysiert
und mein Haushoit perfektioniert.

Fir andre bin ih narrisch gwe(s)n,
ih – hob nia a Problem drinn gsehng!
Daunn lieg ih kurz im Kraunkenhaus
und scho is de gaunze Planung aus!

Soit nimmer hebm und mih net plogn,
so tat ma`s jeder Doktor sogn.
Des ewige Putzn muass net sein,
wei(l) – ma dastickt im Dreck net gleih.

Aber er verschwindt ah net alloa,
drum muass ma`s irgendwaunn moi toa.
Am Irgendwaunn – do liegt `s Problem,
weil `s Schona, des waar echt bequem.

Nur liegn, statt in d Arbeit geh,
des woar am Anfaung wirklih sche.
Kurz auf, fir alle `s Fruahstuck gricht
daunn zruck ins Bett, des is a Gschicht!

Hot`s ah nix Gscheits im Fernsehn gebm,
so woar doh `s Liegn auf der Chouch bequem.
Grod moi Kaffee und Kekserl holn,
a so a Tog – der kunnt ma gfolln!

Des Fernsehn is nu immer fad
und trotzdem is`s, dass mih nix zaht.
Ih mecht nur gmiatlih sitzn bleibm
und mit lauter Nixtoa d Zeit vertreibm.

A wengerl schonen is net schlecht,
doh, waunn ih nur mehr rastn mecht?
Sogts ma! – Faungt so des Fäu(l)sein au(n),
oder bin ih jetzt mit Altwer(d)n drau(n)?

(Un-)Sinniges

Der Wecker

Ja mei – des is doh wia verreckt,
mei Wecker hot mih heut net gweckt.

Maunchmoi denk ih jo: ‚Läut du nur,
ih hear dir so wie so net zua.‘

Heut wollt ih eahm sicher hearn,
heut wollt er mih wohl net stearn.

Des Telefon

Des Telefon,
des woaß`s wohl schon,
des läut`t nur daunn,
waunn ma net kaunn.

Mogst stundenlaung danebm steh(n),
wird nie des Telefon angeh(n).
Doch waunnsd moi in der Duschn stehst,
oder auf d Toilettn gehst,
so dauert`s garantiert net laung,
is aner an der Strippn draun.

Arbeitseinteilung

In der Fruah hob ih nu (g)dicht`t,
daunn hob ih über d Fenster gricht`t,
gleih drauf is der Opa kumma –
und scho woar d Arbeit umma.

Foahrn lerna

Des Foahrn noch Ghör,
is koa Malör.
Waunn`s gscheppert hot,
is`s eh scho zspot.

Heissa Buffet

… zoiht is jo eh!
Füll `s Teller au(n),
so vü ih kau(nn).

Schmeckt`s ma daunn net,
is`s ma net zbled,
hol ih an zweitn –
hob jo koa Weitn.

Zeit hob ih ah –
noh is`s net laar!
Werd scho wos findn,
was ma essn kinntn!

Figurproblem

Ende März derf ih auf Wellness foahrn,
aber Bodeanzug hob ih koan,
drum – vü gscheiter waar`s, ih foahrad Ski,
denn in mein`n Bikini pass ih nie!

Mei Gwicht

Mei Gwicht, des is mir jetzt wurscht,
ih hob Hunger und an Durscht.

Auf d Nocht steig ih daunn auf d Woog –
waunn ih ah net hinschaun mog,
es sogt ma eh scho des Gfüh –
es is wieder weitaus zvü!

`s liabe Geld

Olles do auf unsrer Welt
draht sih nur um `s liabe Geld.
Waunn ih nur gnua davon hätt,
waar ma des gaunz gwiss net zbled.
Aber Geld, des hob ih net,
waunn`s ah jeder nehma tät.

Wia s` den Euro eingführt haubm,
wollt `n ah zerst koana hobm –
nur in jedem Gschäft – seids froh,
do nehman s` eahm jo doh.

Sche(n) und schiach

Bei jedn hot`s wohl schon im Lebm,
schene und schiache Sochan gebm –
de schen´n brauch ih euch net verzähln,
de schiachn san`s, de uns oft quäln.

Kraunknstaund aner Muatter

Geht`s dir oamoi wirklih mies,
sodass a Bett des Schenste is,
daunn kumman die Kinder ständig;
und brauchen wos – des is elendig.

Drum is`s fir a Muatter gwiss,
dass mit an Kraunknstaund nix is.
Du liegst vielleicht amoi zwoa Stund,
dann bist hoid oafach wieder gsund!

Vom Kraunknhaus

Vom Kraunknhaus – hob ih nix gschriebm,
de Zeit dazua, is mir net bliebm.

Außerdem woaß sicher jeder –
waunnsd laung jammerst wird`s nur bleder.

Drum hob ih goar net vü drau(n) denkt –
und mir des Schreibm davon gleih gschenkt!

Bled!

Hätt ih an Durscht,
is des nu wurscht,
san d Flaschn leer –
muass a Wosser her.

Is `s Balsam goar –
waunn ih wosch d Hoar,
daunn is`s scho letz,
wos moch ih jetz?

Sitz ih im Haus
und d Rolln is aus,
jo daunn wird`s bled,
weil`s net ohne geht.

INHALTSVERZEICHNIS

HAUSFRAUENSTRESS

MUTTERFRUST

WETTERGSCHICHTN

ÜBER MIH

(UN-)SINNIGES